ALFAGUARA

ALFAGUARA INFANTIL

www.alfaguarainfantilyjuvenil.com

ALFAGUARA

© Texto: 2006, Xabier Ponte DoCampo, Ana García-Castellano, Estrella Ortiz, Ernesto Rodríguez Abad, Carles Cano
© Ilustraciones: 2006, Irene Fra
© De esta edición:
2006, Santillana Ediciones Generales, S. L.
Torrelaguna, 60. 28043 Madrid
Teléfono 91 744 90 60

Ediciones Santillana, S.A. Leandro N. Alem 720
C1001AAP - Ciudad de Buenos Aires. Argentina

Editorial Santillana, S. A. de C.V.
Avda. Universidad, 767. Col. Del Valle,

México D.F. C.P. 03100
Distribuidora y Editora Aguilar, Altea, Taurus, Alfaguara, S. A.
Calle 80, nº 10-23. Santafé de Bogotá-Colombia

ISBN: 84-204-6987-4
Depósito legal: M-3.921-2006
Printed in Spain - Impreso en España por
Top Printer Plus, S. L. L., Móstoles (Madrid)

Diseño de la colección: Manuel Estrada

Editora: Marta Higueras Díez

Los inventores de cuentos

Ana García-Castellano, Carles Cano,
Estrella Ortíz, Xabier P. DoCampo y
Ernesto Rodríguez Abad

Ilustraciones de Irene Fra

ALFAGUARA

Era una princesa a quien le encantaba hacer colecciones. Coleccionaba sellos, mariposas, figuritas de cristal... Había completado todos los álbumes de cromos que puedan imaginarse y, por supuesto, tenía en su cuarto de juegos todas las muñecas del mundo... Cuando una es princesa, no resulta difícil coleccionar objetos: los reyes, los emperadores y los embajadores de todos los reinos envían regalos para aumentar la colección. Tenía una muñeca de porcelana de Talavera, que cantaba con voz chillona cuando la apretaba: «Somos talaveranas, venimos todas de Talaveraaaaaa…», y un ejemplar de Atracus atlas, la mariposa más grande del mundo, enviada por el mismísimo emperador de la China en una jaula de plata. Por eso, la princesa enseguida completaba todas las co-

lecciones. Luego las ordenaba y luego… se aburría muchísimo.

Un día decidió coleccionar palabras. Fue reuniendo, una a una, todas las palabras. Las fue guardando en cajas. Enseguida tuvo su cuarto lleno de cajas de palabras. Y después, no sólo su cuarto: en el comedor real, en el cuarto de los juguetes, en el cuarto de la plancha, e incluso, en el despacho real, donde la reina trabajaba, o en el cuarto de baño, debajo de la banqueta donde el rey se cortaba las uñas de los pies, había cajas y cajas de palabras.

Tenía palabras sencillas como flor, mar, hogar, amapola o verbena; otras divertidas como ditirambo, berbiquí, o Paramaribó. Otras muy complicadas, como estratosfera, clepsidra, ínclito, ábside, cornucopia y esternocleidomastoideo. Cuando estuvo segura de que no le faltaba ninguna palabra, pensó que ya era hora de ordenarlas. ¿Cuál sería la más importante de todas?

Antes de decidirse, creyó oportuno consultarlo en la corte:

—¿Cuál es la palabra más importante? —preguntó.

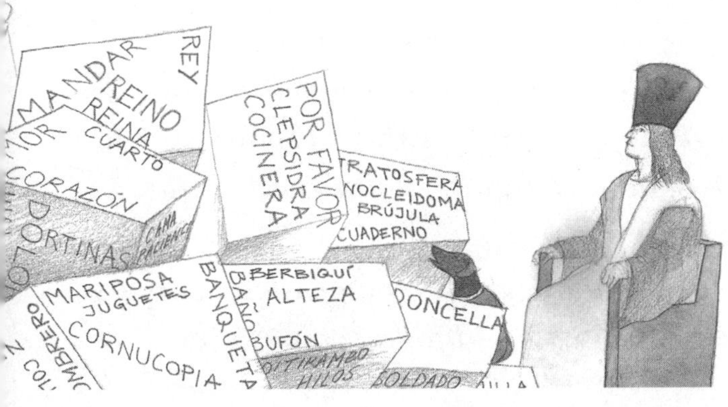

Ana García-Castellano

—MANDAR es sin duda la más importante —respondió su majestad el rey, que siempre andaba dando órdenes para que, según decía, las cosas se hicieran como «debe ser», o sea, como él quería.

—REINO —afirmó la reina, que era muy práctica, y siempre decía que a ver dónde iban ellos a mandar si no tenían un reino.

—¿Cuál es la palabra más importante? AMOR —contestó la doncella, poniéndose algo colorada y sin dejar de mirar al soldado que hacía guardia a las puertas de palacio. Es que la doncella leía novelas románticas cuando nadie la veía.

—PAZ. Sin duda, la palabra más importante es PAZ —eso dijo el soldado de la puerta, mientras se apoyaba con nostalgia en su pica y lanzaba miradas de ternura a la doncella.

—¿La palabra más importante? —se rascó la cabeza por debajo de su sombrero de paja el jardinero—. ¡SEMILLA!, de eso no cabe la menor duda —y siguió sembrando cuidadosamente los rosales.

—¡Oh, no! La más importante de todas son dos: POR FAVOR —dijo la cocinera sacando

del horno un enorme pastel de chocolate—. No hay palabras más dulces que ésas, alteza, os lo aseguro. La tarea más amarga se te hace dulce si te la piden POR FAVOR.

—¿Cuál es la palabra más importante? —interrogó, bastante harta, la princesa.

—¡VACACIONES! —contestó el mayordomo, a la vez que golpeaba las alfombras con una vara.

MANDAR, REINO, AMOR, POR FAVOR, PAZ, SEMILLA, VACACIONES... la princesa repasaba su cuadernillo de notas... ¡Jo!, ahora sí que estaba hecha un lío. Le dolía la cabeza horriblemente, y le entraron unas ganas enormes de llorar y mandar a todos a la porra por no ponerse de acuerdo. Así es que se encerró en su habitación y se metió en la cama. Dio vueltas y vueltas, ¡pero no había forma de dormirse aquella noche!

De pronto, alguien llamó a la puerta de la habitación de la princesa:

—Alteza, ¿puedo pasar? Soy vuestro bufón.

—Pasa —dijo su alteza sentándose sobre la colcha de seda, toda bordada de sueños con hilos de palabras.

El bufón entró despacio, para no hacer sonar sus cascabeles. Era menudo y pelirrojo. Tenía unos ojos enormes, tiernos y sabios. Hizo una gentil reverencia y se sentó a los pies de la cama.

—Me han dicho —comenzó a hablar suavemente— que buscáis la palabra más importante de todas.

—Sí, claro. Pero nadie se pone de acuerdo...

—Si me dejáis, yo os diré cuál es la palabra más importante de todas... Os doy mi palabra.

—Bueno —se encogió otra vez de hombros la princesa, que ya no confiaba en encontrarla.

El bufón tomó el cuadernillo y leyó: MANDAR, REINO, AMOR, POR FAVOR, PAZ, SEMILLA, VACACIONES...

—Hummmm... —dijo, apoyando la mano en la mejilla. Quedó así pensativo unos instantes, y luego comenzó a hablar:

LA LEY DEL POR FAVOR

Había una vez un rey y una reina que sólo sabían MANDAR. Siempre estaban dando órdenes:

—Ordenamos que haya paz en el REINO.

—Ordenamos que los pájaros vuelen y que los grillos canten, ¡eso es!

—Ordenamos que los colores sean de colores.

Inventaban órdenes y más órdenes, pero no conseguían que en su reino hubiera esa PAZ que tanto deseaban, pues las gentes estaban cansadas de obedecer tantos mandatos, leyes y decretos, y siempre andaban regañando y de mal humor.

Y es que los reyes no dejaban tiempo para la risa ni el AMOR...

Hasta que un día, cuando salieron de su despacho para dar nuevas órdenes, descubrieron que las gentes habían abandonado el reino. Buscaron por todas partes, pero no quedaba ni un súbdito a quien mandar. Por fin, en las cocinas encontraron un gran cartel que decía:

Ana García-Castellano

‹‹Majestades, estamos hartos de tantas órdenes. ¡Nos hemos ido de VACACIONES!››.

En el jardín los rosales se marchitaron, y el palacio se inundó de silencio. Y los reyes se llenaron de soledad durante mucho tiempo. Todos los días salían a pasear, recordando las risas de las gentes que no habían sabido escuchar.

Una mañana descubrieron las SEMILLAS de rosal que el jardinero dejó olvidadas, y decidieron plantarlas.

—¡Os ordenamos que crezcáis! —dijeron. Pero las semillas no asomaron.

Entonces se dieron cuenta:

—¡Ordenamos que el rey y la reina tengan paciencia! –se dijeron a sí mismos.

Y mientras los rosales nacían, aprendieron a regar la tierra y a esperar tomados de la mano. Tuvieron tiempo de hacer bromas, de decirse palabras bonitas que no hablaban de órdenes, sino de amor.

A la primavera siguiente vieron que en el jardín habían nacido los rosales… Y sintieron una gran paz en el corazón… esa paz que no habían conseguido encontrar con sus mandatos.

Una tarde, la cocinera y el jardinero se atrevieron a regresar al jardín y pasearon entre los rosales, cogidos de la mano.

—¡POR FAVOR, jardinero! —dijo el rey al verlos.

—¡Por favor, cocinera! –añadió la reina.

—¡Quedaos a vivir en el palacio, por favor! —dijeron los dos, asombrados de haber aprendido a pedir por favor, en lugar de dar órdenes.

Y el jardinero y la cocinera se quedaron.

Otro día, quienes aparecieron por el jardín fueron la doncella y el soldado, que habían oído hablar de la paz que ahora reinaba en el jardín de palacio. También llegó el mayordomo con unos amigos, para echar su partidita de petanca.

—¡Por favor, quedaos a vivir todos en palacio! —les dijeron también.

—¿Y dejaréis de mandar y mandar todo el día? —preguntaron a coro el soldado y la doncella, la cocinera, el jardinero y el mayordomo.

—¡Se acabaron los decretos!... —dijeron los reyes—. Bastará con la Ley del Por Favor.

Todos los miraron y dijeron sonriendo:

—¡Nos quedamos!

—¡Gracias! —dijeron los reyes, sintiendo que, sin querer, se les dibujaba una dulce sonrisa en el rostro.

El bufón terminó de hablar y quedó en silencio. La princesa lo miró un poco desilusionada.

—No está mal —dijo—. Pero, ahora, dime cuál es la palabra más importante. Me lo prometiste.

—Ya os lo he dicho, alteza —sonrió el bufón con otra reverencia.

—¡Mientes! —la princesa estaba realmente furibunda—. Eso no es una palabra. ¡¡¡Es un cuento!!!

—¡Exacto! —exclamó el bufón dando un brinco—. Ya la habéis dicho: ¡¡¡CUENTO!!! Ésa es la palabra más importante de todas. Porque en ella caben todas las demás palabras. Todas las que podáis guardar en vuestra colección, caben en un cuento.

La princesa quedó perpleja. Ciertamente, el bufón tenía razón. CUENTO era la palabra más importante de todas. Contempló atentamente los ojos sabios y tiernos del bufón.

—Te daré lo que me pidas —le ofreció al fin como recompensa.

—Sólo os pido las palabras. Si me las dejáis, yo os prometo que cada día os regalaré un cuento...

—¿Me inventarás un cuento cada día? ¿Cuentos de risa, de horror, de hadas...?

—Te lo inventaré, o les rogaré a mis amigos inventores de cuentos que te tejan uno con las palabras que tú elijas...

—¡Concedido! —exclamó la princesa dando un salto sobre la cama. Pero añadió—: Siempre que, cada noche, tú vengas a contármelo... Por favor...

MAR, BALLENA, AGUA, TRISTE, SONREÍR, CANCIÓN, DESEO

Éstas fueron las palabras que la princesa entregó al bufón la primera noche.

El bufón tuvo que viajar a las islas de Poniente, en busca de un amigo INVENTOR DE CUENTOS.

Ernesto lo recibió al pie de una montaña que hundía sus laderas en las espumas del mar. Tenía el color del sol en su piel y las historias del océano en su mirada.

Se sentaron los dos al atardecer sobre la arena de la playa. Ernesto escudriñó las palabras que le había traído el bufón, fijó su mirada en la línea lejana del horizonte y, con voz de espuma y acento de palmeras, comenzó a contar una antigua leyenda...

LA BALLENA DE LOS NIÑOS TRISTES

Ésta es una historia que ocurrió en un lugar fantástico y en un tiempo que nadie se ha atrevido a medir, pues dicen que son tantos los años que no hay números para contarlos.

Juna era un niño pequeño, pálido y de pocas palabras. No hablaba con casi nadie y miraba de lado, pues le daba miedo ver las caras de las personas.

Es que Juna era un niño triste. Siempre había escuchado gritos en vez de palabras cariñosas. En vez de besos le habían dado golpes y, en lugar de regalos, había recibido empujones.

En un mar remoto vivía una ballena que lloraba cada vez que veía a algún niño con una pena. Era un mar tan grande que nadie lo había recorrido del principio hasta el final. Tampoco había metros para medir el agua.

Juna había vivido en un tierra rodeada de montañas con crestas afiladas como cuchillos y con caminos que se enroscaban como serpientes y que no llevaban a ninguna parte. Nada se sabía del mar o de la risa en aquella tierra sin horizonte.

Pero lejos, muy lejos de allí, la ballena había crecido. Cuando era pequeña sus padres la habían cuidado, la habían enseñado a flotar sobre las olas y a lanzar chorros de agua como si fuera una fuente. Pero lo que más le gustaba a ella era hacer piruetas en el aire y contemplar el juego de los niños en la orilla.

A Juna nadie le había hablado del mar, del sol, de la luna o de las estrellas, nadie le había contado por qué llovía, ni le habían dicho cómo eran los copos de nieve. Nadie le había enseñado a sonreír.

Mientras, en el mar azul, flotaba la ballena. Le gustaba cantar viejas canciones que su madre y su abuela le habían enseñado. Eran canciones que hacían soñar a los niños tristes.

Hay personas que dicen que las ballenas no cantan. Eso no es verdad, son muy hermosas sus canciones.

Pero Juna aún no lo sabía. Por las tardes se perdía por los caminos que no iban a ninguna parte; caminaba en silencio, con las manos en la espalda. Nadie le había enseñado a soñar. Por eso no podía imaginar que la ballena se había hecho aventurera y había recorrido todos los océanos. Vio barcos enormes zozobrar sobre olas negras. Vio a marinos de ojos malvados que ansiaban cazar grandes ballenas. Vio los desiertos helados del norte.

Una tarde que parecía más triste que ninguna, Juna caminó más lejos que nunca por los caminos que no llegaban a ninguna parte. Recorrió sus sendas grises hasta alcanzar las crestas altas de las montañas. Y entonces... ¡Lo vio! Vio el azul infinito del mar, que se perdía más allá de su mirada. Oyó palabras nuevas. Oyó las canciones de los viejos marinos que hablaban de una ballena solitaria. Bajó raudo hasta el pie del acantilado. Abrió los ojos, los oídos y su corazón triste, y escuchó la historia de la ballena que cantaba una canción que hacía soñar a los niños tristes.

Decían que la ballena acudía al encuentro de los niños que guardan un deseo escondido en lo más hondo. Les hacía saltar sobre su grupa y los llevaba hasta la Isla de los Niños de Agua. Eran niñas y niños de alma de nácar y sonrisa de mazapán. Ellos sabían la canción de la ballena y, con la ayuda de las caracolas la enseñaban a los niños que no sabían sonreír.

Juna pensó que aquella historia decía la verdad. Pero ¿dónde estaba la Isla de los Niños de Agua? ¿Cómo podía decirle a la ballena que él tenía un deseo escondido, para que viniera en su busca?

Una viejita de ojos de mar le dijo que debía esperarla en la orilla. Que de algún modo la ballena entendería que la estaba esperando... ‹‹Pero nunca —le advirtió alzando su dedo de sarmiento—, nunca has de cansarte de esperar. Has de creer siempre que ella llegará en un horizonte de arco iris. ¡Nunca te canses de esperar!››.

Juna se sentó a esperar sobre las rocas de la orilla. Vio atardeceres suaves como las violetas y violentos como una hoguera. Y siguió esperando. Sorprendió al amanecer bostezando entre la niebla. Y siguió esperando. Vio cómo la marea de la tarde se deslizaba, dejando tras de sí tablones carcomidos y botellas viejas. Y siguió esperando. Una noche vio a las estrellas bañarse en el océano.

Se sintió solo y lloró.

Una lágrima cayó al océano. Él sintió que con ella su deseo escondido se perdería entre las

aguas. Pero cuando la lágrima tocó el mar, las olas se volvieron de arco iris.

En ese instante, la ballena apareció como una montaña, como una isla surgiendo de la mar. Juna la vio acercarse. Cuando estuvo cerca, antes de saltar sobre su grupa, pudo ver uno de los hermosos ojos de la ballena. Le pareció que le hacía un guiño y sonreía. Era la primera vez que alguien le hacía un gesto de cariño. Juna sintió ganas de reír. No sabía cómo se hacía, pero unas cosquillas juguetonas subían desde su estómago. Sintió que su boca se agrandaba y un sonido como hecho de burbujas salía por sus labios. La ballena lo subió sobre su grupa, lo bañó con las aguas mágicas que saltaban de lo más alto de su espalda y lo llevó hacia su Isla de los Niños de Agua.

Viajó sobre la ballena feliz. Conoció las risas de las niñas y niños de agua y escuchó sus acuáticas canciones.

Una tarde Juna se dio cuenta de que había aprendido a reír, a tener amigos, a contar historias. Además ya sabía cómo era el sabor de las palabras cariñosas, de las caricias y de las miradas tiernas.

Ahora podría volver.

La ballena lo llevó una mañana hasta la playa. Se miraron fijamente, para decirse adiós. Juna se alejó saltando por las rocas de la costa y desapareció entre los árboles. Llegó a la tierra de altas montañas, a la tierra sin sol y sin palabras. Vio a los hombres y a las mujeres que no sabían sonreír ni querer.

Aquel día empezó a cantar las canciones que había oído a la ballena. Y de pronto, todo comenzó a florecer. Las personas aprendieron a sonreír. Los caminos por los que pasaba se llenaban de flores. El sol brilló en las tierras tristes.

Hay personas que dicen que la Isla de los Niños de Agua no existe. Son los que no creen en las leyendas.

Hay quien dice que esa isla no es de tierra, ni de rocas: es una enorme ballena que lleva sobre su grupa a unos niños náufragos. Son los niños de agua. Los niños que no ríen van a buscar la risa a la grupa de esa isla que es ballena.

Dicen que a veces, en las noches de luna, si esperas sentado sobre las rocas, puedes ver, en un rincón del horizonte, cómo aparece su lomo igual que una isla flotante. Y si escuchas con atención, podrás oír su canto, y cuando canta se oyen cantar al unísono las risas de los niños de agua.

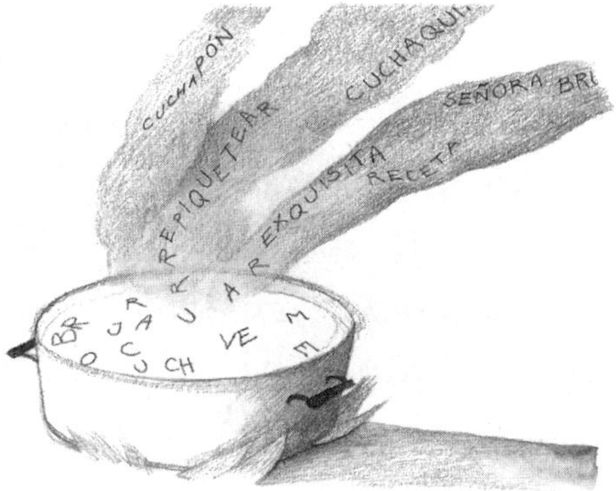

BRUJA, CUCHARA, REMOVER, EXQUISITA, REPIQUETEAR, RECETA

‹‹¡Éstas sí que son difíciles!››, pensó el bufón cuando la princesa le tendió el pañuelo lleno de palabras.

Desde luego, esta vez sí que se le había complicado la tarea... Necesitaría un inventor de historias capaz de hacer verdadera magia... ‹‹Magia...›› —se rascó pensativo debajo del gorro—. ‹‹¡Claro!››. Sin duda éste era un asunto para la bruja Rotundifolia...

Rotundifolia estaba probando una jalea de recuerdos amables que le había quedado riquísima, cuando apareció el bufón con su pañuelo de palabras.

Ana García-Castellano

‹‹Creo que vamos a tener que ponerlas al baño María››, dijo nada más contemplarlas...

Mientras cocían lentamente, Rotundifolia tomó la cuchara y, con el vapor de palabras que escapaba de su enorme caldero, escribió en el aire:

CUCHAQUITA, CUCHAPÓN Y SEÑORA BRUJA

Érase una vez dos cucharas que se llamaban Cuchaquita y Cuchapón. Como eran las cucharas de una bruja, siempre estaban cerca de un gigantesco caldero de cobre, pues servían para calcular las cantidades de todos los brebajes y para remover los cocimientos hasta que estaban en su punto.

Ellas decían que vivían «en Caldero», como si dijeran «en Palacio», porque allí se encontraban a sus anchas y les parecía el mejor lugar del mundo.

A Cuchaquita, pequeña y algo presumida, le gustaba mucho el helado de café y con ella era ideal comer *la sopa lenta,* o sea, sin prisas.

Cuchapón, por el contrario, era grande y desgarbado, perfecto para comer *la sopa rápida,* casi instantánea, y además servía a las mil maravillas para manchar de churretones al incauto y acelerado comensal que pusiera las manos en su mango.

A causa de su tamaño, la bruja usaba a Cuchapón para remover y a Cuchaquita para medir los ingredientes. Y eso a veces era motivo de discusión entre ellas, porque Cuchaquita quería remover y...

Cuando empezaban a pelear, Señora Bruja cantaba:

Dos cucharas discuten en un Caldero,
por ver quién remueve primero.
¡Que haya paz con paz
o el brebaje saldrá mal!

Y así pronto pasaba el enfado, al tiempo que se cocinaba la pócima. Cuando las cucharas volvían a recuperar su buen humor, repiqueteaban con ganas:

Debajo de la fresquera
y cerca del bodegón
toca, toca Cuchaquita,
bate, bate Cuchapón.

«¡Qué tostón, chimpón!», decía para sus adentros Señora Bruja mientras retiraba el brebaje del fuego y se marchaba lejos con disimulo para que no se sintieran ofendidas. A decir verdad, Cuchaquita y Cuchapón casi siempre estaban contentas, por eso casi siempre repiqueteaban el caldero, casi siempre hacían rimas y canciones… y casi siempre era Señora Bruja quien escuchaba.

Se encontraba la Señora Bruja de la que os estoy hablando siempre muy atareada en solucionar problemas. Bueno, o en meterse en ellos. Tenía mucha imaginación y soñaba que algún día acabaría poniendo una tienda de ideas y de ajos.

Como os digo, era maestra en encontrar buenos remedios, pero la mayoría de las veces éstos resultaban muy difíciles de realizar. He aquí algunas de sus especialidades:

La canción de una hormiga, para el dolor de barriga.

Para el dolor de cabeza, el beso de una abeja.

Y dos pelos del bigote de un león, para el ataque de tos.

Como os podéis figurar, conseguir los pelos del bigote de un león no era cosa fácil. Para empezar, tenía que irse a África, encontrar un león

y convencerle de que le regalase algunos pelos de su bigote. Por esta razón y otras por el estilo, muchas veces la bruja estaba de viaje.

Estrella Ortiz

Un día en que el sol amaneció por el Este, como cualquier otro día, y justo cuando, en su aseo matutino, Señora Bruja acababa de enjuagarse la boca con el famoso *Elixir de Dragón,* Querida Vecina llamó a la puerta y le preguntó cómo se hacía el pastel de lago con miel.

Señora Bruja siempre estaba encantada de contar sus recetas, pero esta vez, aunque recordaba a la perfección cómo se hacía el pastel, no consiguió decirlo. Tenía las palabras en la punta de la lengua, sí, pero tan agarradas, que no se querían soltar. Sólo pudo emitir unos «Mmm, Mmm» de lo más tristes.

Con mucho susto entró en su casa mientras Querida Vecina, que no comprendía el silencio de Señora Bruja, se marchaba desairada pensando que lo que ocurría en realidad era que no deseaba compartir con ella tan exquisita receta. Pero Señora Bruja sólo pensaba en encontrar las razones de su mutismo.

—Tal vez el *Elixir de Dragón* estaba demasiado fuerte —se dijo.

Sí, sí, era una fórmula con ajos, muchos ajos; pero se resistía incluso a sospechar que tal vez el culpable fuera su exitoso *Elixir de Dragón,* ideal para enjuagarse la boca después del cepillado de dientes. Ella, que pensaba que el ajo era bueno para todo, incluso para preservar un caldero del óxido, de las miradas curiosas y de las telas de araña.

Pero tenía que llegar al fondo del asunto, así que se dirigió al estante cercano al caldero, tomó su Libro de Recetas y comenzó a leer:

Elixir de Dragón

Ingredientes: Ajo, ajo y ajo.

Resultado: Fuego ardiente (sin llamas) en la boca y la huida instantánea de todos los animales con patas de los alrededores.

Efectos secundarios: En raros amaneceres, si se excede la dosis, puede ocurrir que las palabras se queden pegadas a la punta de la lengua.

Remedio: Enjuagarse la boca con extracto de paciencia y escuchar palabras dichas y retorneadas lo antes posible.

Uf, ya no quedaba ninguna duda: se le había ido la mano con el ajo, estaba claro. Señora

Bruja cerró el libro y empezó a enjuagarse la boca con el extracto de paciencia. Pero por mucho que pasaba rato y más rato, no conseguía decir ni un pío pío de pajarillo acatarrado.

—Ay, el extracto de paciencia no es suficiente, necesito palabras dichas y retorneadas como remedio para mi mal... Tendré que pedirles ese favor a mis cucharas —pensó.

A decir verdad temía ponerse en sus manos (o en sus mangos, lo que prefiráis) por lo redichas que eran, pero no le quedaba otra alternativa. De modo que comenzó a sacar mucho la lengua con toda clase de gestos, y como pudo les explicó lo que le pasaba. Resultó de lo más graciosa, aunque daba un poco de pena.

Cuchaquita y Cuchapón se alegraron de que Señora Bruja necesitase de sus servicios «palabriles» para desatascar las palabras de la punta de su lengua y de ese modo despistar a los negros y mudos pensamientos. Estaban encantadas de prestarle su ayuda, y se dispusieron a dar fin a tanto silencio con un festival de dichos, susodichos y canciones. No se hicieron esperar, pidieron a toda prisa a Señora Bruja (ay, por si el remedio se alargaba) que se sentara en su sillón preferido, mientras ellas se subían al caldero y comenzaban este repiqueteo de palabrerías retorneadas:

CUCHAQUITA: Remedio y medio para nudo y [miedo.
Escuchar para sanar sin parar de hablar.
A la de una, a la de dos y…
CUCHAPÓN: A la de tres,
que alguien cante una canción del revés.

CUCHAQUITA: Al corro de las cucharas
comeremos en pijama
lo que comen los mosquitos:
chocolatinas y huevos fritos…
SEÑORA BRUJA: Mmm…
CUCHAQUITA: A la de dos,
que alguien cante otra canción.
CUCHAPÓN: Chas, chas, cantaba la cuchara.
Chas, chas, debajo de la cama…
SEÑORA BRUJA: Mmm..., Mmm…
CUCHAQUITA: ¡Y a la de una!
CUCHAPÓN: Tengo una cuchara vestida de azul…

SEÑORA BRUJA: Mmm..., Mmm..., Mmm...

CUCHAQUITA: Había una vez una cuchara [Pirindarolara
con tres cucharillas Pirindarolarillas...

CUCHAPÓN: Y cuatro cucharones Pirindarolarones.

SEÑORA BRUJA: Mmm..., Mmm..., Mmm... ¡Mmmenudas rimas!

CUCHAQUITA: ¡Qué alegría! Por fin se soltaron las palabras de la punta de tu lengua.

CUCHAPÓN : ¡Lo hemos conseguido!

SEÑORA BRUJA: Sí, sí. Menos mal. De veras que agradezco vuestra ayuda, pero ya he tenido suficientes versos por hoy. ¿Es que no sabéis hablar de otra cosa salvo de cucharas, cucharas y más cucharas?

CUCHAQUITA: No, no, qué va. También sabemos cosas sobre el cuchar, la cucharada, el cucharal, la cucharera...

CUCHAPÓN: ... el cucharear, la cuchareta, el cucharetazo y aquello del cucharetear.

SEÑORA BRUJA: ¡Oh! ¡Basta, por favor! Vosotras sí que tenéis suelta la lengua. Y como sigáis así, tendré que salir corriendo a buscar un diccionario...

Cuchapón: ¿Qué te parece si nos dejas inventar
una receta para tu mal y de paso reduces
la mañanera ración del Elixir de Dragón?

Señora bruja: Está bien, está bien. Os escucho.

Cuchapón: He aquí la fórmula espléndida
para que las palabras salten
de la punta de la lengua:

Cuchaquita: Un cuchapón de agua de mar,
dos golpes de viento,
una pizca de pensamiento,
cuatro granitos de anís,
media docena de ¡achís!

Cuchapón: ... Y una cuchaquita de ajo,
aunque no rime,
para el que lo cocine.

Señora Bruja escuchó aplicadamente la receta y la hizo al momento. Así fue como, por primera vez en la elaboración de una pócima, Cuchapón calculó los ingredientes y Cuchaquita, ¡por fin!, dio vueltas al caldero. El brebaje estaba realmente bueno. Señora Bruja tomó un poco y el resto lo dejó al lado de su *Elixir de Dragón*. Por si acaso.

Todos quedaron satisfechos. ¡Qué felicidad! Las dos cucharas repiquetearon de lo lindo mientras Señora Bruja bailaba contenta. Luego, pasado un rato de concierto, Señora Bruja, después de dar de nuevo las gracias, se marchó a toda prisa en busca de Querida Vecina. Dijo que tenía que contarle un *no sé qué* muy importante.

Y cucharín cucharón
este cuento se acabó.

(Sólo nos han quedado las ganas de saber cómo se hace el pastel de lago con miel, pero dice Señora Bruja que ya se lo ha contado a Querida Vecina y que en el próximo cuento promete que nos lo contará también a nosotros).

NIÑO, TIEMPO, TESORO, MALETA, NORMAL Y CORRIENTE, SECRETOS, TALISMÁN

Junto al pañuelo con estas palabras, la princesa entregó al bufón aquella noche un bocadillo de tortilla.

—Toma —le dijo—. Seguro que te vendrá bien... Siempre vas de acá para allá en busca de un inventor de cuentos... Te entrará hambre en el camino.

—Gracias, alteza —respondió el bufón.

Sin duda iba a tener que viajar para encontrar un buen inventor de cuentos...

Se encontró a Carles bebiendo una horchata sentado en su huerta de pimientos y tomateras.

Ana García-Castellano

Carles tomó en su mano las palabras y lentamente las plantó en la tierra de su cercado. Luego las regó con su misteriosa regadera de sonrisas. Siempre que lo hacía, le brotaban los cuentos más disparatados que jamás pudo imaginar princesa alguna...

—Ahora debemos esperar a que crezcan —dijo Carles y sonrió al bufón, ofreciéndole un buen vaso de horchata fresca. El bufón entonces sacó su bocadillo de tortilla y los dos se sentaron a merendar a la sombra de la higuera.

Mientras charlaban, de las tomateras del sembrado comenzó a surgir el fruto de esta historia:

EL NIÑO QUE PARÓ EL MUNDO

Ésta es la historia de un niño cualquiera, uno como tú y como yo, es la historia de mi amigo. Mi amigo era un niño corriente, con un nombre normal, una cara más bien del montón y unos gustos de lo más sencillos. Nada hacía presagiar que sería capaz de hacer lo que hizo, ni siquiera ese brillo mágico que se le ponía en los ojos cuando dejaba vagar su imaginación. Pero sucedió. Estas cosas pasan así, de repente, cuando menos te lo esperas y con un protagonista impensable. Paró el mundo y se bajó. Y unos cuantos aprovechamos la parada y bajamos también. Veréis:

Este niño, Arturo, tenía una de esas agendas enloquecidas que tenemos algunos niños de hoy en día: los lunes y miércoles, después del colegio, inglés, y después del inglés, clarinete. Los martes y jueves, informática y waterpolo, que el médico de los huesos había dicho que el niño tenía que nadar. Los viernes, baloncesto, y el sábado, el partido de la liguilla escolar. Los domingos por la mañana, tenis, y por la tarde, ¡a repasar lo de la semana! Todo eso, además de tener que hacer los deberes de cada día al llegar de la piscina o del conservatorio, y acostarse recitando un poema en inglés.

Sus padres estaban encantados, y siempre que podían se lucían delante de la familia y las amistades: ‹‹Mirad qué notas ha sacado Arturo››, decían con el mismo tono que habrían empleado si el niño hubiera descubierto una mina de diamantes, o: ‹‹Arturo, hazle una demostración al tío Ramón con el clarinete, tócale algo de Gershwin››, como quien dice ‹‹Arráncate por soleares›. Y Arturo, al que el clarinete ni sol ni fa, tocaba para alegría de papá y mamá.

Todo el mundo estaba asombrado de aquella preparación, de aquella facilidad para el teorema de Pitágoras y para las divisiones con tres decimales, y de cómo pronunciaba: *my friend George is from Ireland.* Pero él, Arturo, no estaba nada contento; es más, estaba harto. Él quería ser como esos niños de nuestro colegio, que tomaban el sol como lagartijas después de clase, o que se quedaban a jugar a la pelota por la tarde, sin prisa; o como esos otros que paseaban con todo el tiempo del mundo y se paraban a cambiar cromos. Y no como él, que andaba siempre corriendo. ¡Qué envidia le daban esos chicos! Parecían ser dueños del tiempo, lo gastaban sin importarles lo más mínimo. Ni siquiera llevaban reloj. ¿Cómo era posible? ¿Cómo podían hacerlo?

Cuando alguna vez les había comentado a sus padres algo sobre esos chicos, ambos al unísono le habían contestado que no se fijase en aquellos compañeros, que no le convenía tomarlos como modelos porque nunca llegarían a nada, siempre serían «subalternos», que era una palabra cuyo significado no tenía demasiado claro pero que le sonaba bastante mal.

Y así andaba, sin aquel tesoro que se llamaba Tiempo, cuando llegó a la escuela un contador de cuentos.

Aparentemente era un tipo común, ni muy alto ni muy bajo, ni gordo ni flaco, ni muy elegante ni muy desastrado. Todo el mundo lo habría tomado por una persona normal y corriente si no fuera porque acarreaba una maleta antigua que parecía de piel de cocodrilo. Era una maleta de las que ahora no se llevan, con cierres metálicos y correas, de esas que provocan las miradas de la gente, y eso fue lo que nosotros hicimos: quedarnos boquiabiertos mirando cómo entraba en la clase y dejaba su maleta encima de la mesa de don Indalecio. Sólo con ese gesto había conseguido crear una expectación enorme.

Si te fijabas más, podías ver que tenía un brillo especial en los ojos y una media sonrisa que no se le caía nunca. Se presentó de una manera loca y antes de que nos diésemos cuenta ya estábamos todos muertos de risa, cantando canciones absurdas y emocionados con sus palabras. Estuvo casi una hora contando y cantando, pero pasó en un suspiro. Ni siquiera oímos el timbre del patio.

Al poco de salir al recreo, apareció el contador con su maleta, se buscó un lugar donde daba el solecito y se sentó a comerse su almuerzo. Todos fuimos corriendo a rodearlo y cuando nos vio llegar, muy teatralmente, se escondió el bocadillo en la espalda. Cuando una niña le preguntó ‹‹¿Qué haces?››, él nos miró, sacó su bocadillo de la espalda y dijo:

—Es que creía que veníais todos a por mi bocadillo.

¡Cómo nos hizo reír!

Al momento ya estábamos preguntándole por su familia, por su trabajo, por su equipo de fútbol favorito, si tenía perro o gato, si le gustaban los niños… hasta que Arturo preguntó:

—¿Qué llevas en la maleta?

Entonces se hizo un silencio expectante. Todos queríamos saberlo y nadie se había atrevido a preguntarlo, porque aunque había llegado con su maleta y la había dejado sobre la mesa, todavía no la había abierto.

—Secretos —contestó bajando la voz y encogiéndose.

Nos quedamos un poco en suspenso, porque pensamos que si eran secretos no la abriría, pero después de un instante continuó:

—Os gustaría conocerlos, ¿eh?

—Claro —respondimos.

—Está bien, si me prometéis no revelarlos, os mostraré algunos.

Todos levantamos la mano derecha como hizo él y prometimos solemnemente no revelar nada de lo que allí viéramos u oyéramos. Sólo entonces abrió su maleta. En ella había papeles de colores que servían, nos dijo, para contar un cuento de princesas. Y unos tubos de cristal, para hacer pompas de jabón. Y cuentos ilustrados. Y un huevo blanco muy pesado, que era de mármol, y otro huevo, un poco raro porque era cuadrado, de madera, pintado de colores. Y globos… Y también un tubito de cartón que, en un momento, con un pequeño gesto, transformó en un catalejo y, luego, en un puro habano, una pistola, una cerbatana y una barba de faraón.

Sacó después una pequeña caja de música, en la que nos contó que vivía el duende encargado de afinarla, y muchas otras cosas… Pero en el fondo de la maleta había un objeto blanco y extraño que nos atraía como un imán. Cuando por fin lo sacó, nos quedamos sorprendidos: nadie sabía lo que era aquello.

—Parece un hueso —se atrevió a decir Juan.

—¡Bingo!, es un hueso, una vértebra de ballena o de delfín. Lo encontré un día paseando por la playa y me lo llevé porque sólo la naturaleza es capaz de hacer estas maravillas. Tiene una forma tan rara que, según cómo lo mires, parece un avión, o un pájaro, o una cabeza de duende. ¿Y sabéis para qué lo uso?

—Ni idea —respondió Marta, una niña de tercero.

—Pues para darme así en la cabeza —dijo él mientras se daba con el hueso pequeños golpes en la frente—. Cuando estoy preocupado por alguna tontería, o cuando pienso que estoy gastando el tiempo en algo que no vale la pena, miro esta maravilla que ha construido la naturaleza, esta estructura perfecta, con un diseño tan preciso y eficaz y pienso: «tú no tienes millones de años para llegar a construir algo así, tienes un tiempo medido, limitado, dedícate a lo que sabes y te gusta y hazlo lo mejor posible». Y me funciona siempre, es una especie de talismán.

Arturo supo, como si fuese una revelación, que aquel era uno de esos subalternos que decía su padre, pero era evidente que se trataba de una persona feliz, que amaba lo que hacía y lo hacía muy bien. Era, como habría dicho su padre, un buen profesional que, además, era libre de gastar su tiempo como quisiera y no le importaba regalárselo a la gente, a nosotros: unos simples niños.

Después sacó una matraca con forma de Pinocho sin nariz y nos contó una historia cortita, y justo cuando acabó, sonó el timbre que marcaba la vuelta a clase.

—¡Ooooohhh! —fue la exclamación general, porque todo el mundo quería más historias.

Todos se fueron corriendo y sólo nos quedamos Arturo, yo y el contador, que ya recogía sus secretos, sus tesoros. Entonces Arturo, muy serio, le dijo:

—¿Podrías dejarme tu talismán?

El contador lo miró directamente a los ojos y le dijo:

—Ya veo. Lo necesitas urgentemente.

—Sí.

—Cuídalo, yo volveré por él cuando me haga falta.

Arturo lo metió entre su ropa y volvimos corriendo a clase. Pero fue la última vez, a partir de aquel momento ya no fue el mismo. Dejó de correr, de estar agobiado, abandonó el inglés y el clarinete, y sólo jugaba al baloncesto y al waterpolo por diversión.

Empezó a disfrutar del tiempo y a gastarlo como si fuera millonario en horas, lentamente, morosamente. Claro que tuvo discusiones con sus padres, que le decían que se convertiría en un subalterno y nunca llegaría a nada, pero al final lo dejaron por imposible, cuando vieron que no cedería, que su determinación era firme, inamovible, y que en lo que le interesaba seguía poniendo todo su esfuerzo, toda su dedicación. Es cierto que sus notas en matemáticas y en inglés bajaron un poquito, pero a cambio él fue feliz. Y yo también, porque yo era un calco de Arturo, sólo que en vez de waterpolo hacía yudo y tocaba el saxo en vez del clarinete, así que le pedí el talismán y también a mí me funcionó; y después se lo pasé a Carlitos y a Alba y a Raúl y a Dani y a…

Arturo les hizo comprender a sus padres, y de rebote a muchos otros adultos, que prepararse para ser adulto está muy bien, pero que hay un oficio, que es el de ser niño, que por nada del mundo te lo puedes perder, porque nunca jamás vas a tener otra oportunidad.

Cuando al año siguiente volvió el contador, a la hora del recreo le llevamos un bocadillo hecho por la madre de Luis, que tenía un bar y los hacía superbuenos. Y envuelto en papel de celofán rojo, le devolvimos su talismán.

—Bueno, ya veo que os ha servido a más de uno, ¿no? —dijo.

Unos cuantos sonreímos sin decir nada, mientras él le hincaba el diente a su bocadillo de tortilla de patatas con alioli y decía entrecerrando los ojos:

—¡Mmmmmmmm! ¡Qué bueno!

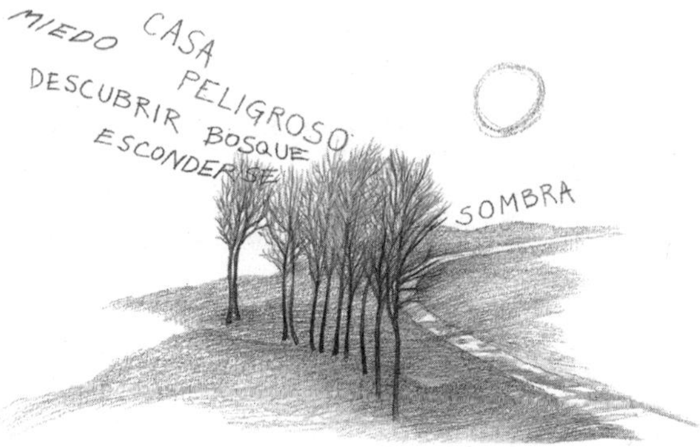

CASA, PELIGROSO, DESCUBRIR, BOSQUE, ESCONDERSE, MIEDO, SOMBRA

¡Brrrr! Al bufón le dio un escalofrío cuando leyó las palabras aquella noche.

No sabía qué inventor de historias se atrevería a adentrarse en ellas sin estremecerse... Miró la luna, que estaba blanca y redonda como un queso. En el cielo se dibujaba un reguero de estrellas, como una nube que flotara en línea recta.

‹‹¡La vía Láctea!››, se dijo mientras contemplaba aquella neblina luminosa que señalaba un camino hacia los bosques de occidente... Y comenzó a marchar en la dirección que marcaba.

Llegó a la ciudad hecha de piedra y de sueños. Entró en una casa antigua como el tiem-

po. Junto a la hoguera había un hombre sentado. Tenía una barba oscura y una mirada de centella.

—¿Xabier? —llamó el bufón.

—Pasa —dijo él con voz tan profunda como un secreto—. Sabía que vendrías...

El bufón le mostró su pañuelo de palabras. El inventor de historias las miró largamente y, en un gesto rápido, las lanzó a la hoguera. Luego removió el fuego con el badil y los dos quedaron fijos en el crepitar de las llamas. Lentamente, fue apareciendo en el resplandor de la lumbre una historia tenebrosa...

LA CASA

¡La casa! La casa es el mejor lugar. Allí nunca me encontrarán. Faltan treinta y siete minutos y necesito un lugar seguro. Hemos venido a pasear y a jugar muchas veces al bosque y lo hemos recorrido en todas sus direcciones. Conocemos cada árbol, cada piedra, cada sendero, incluso los tenemos bautizados: el Árbol do Enforcado, el camino de Pedras Vermellas, Regato Azul, Pena Ferida… Pero el lugar en el que ninguno se ha atrevido nunca a entrar es en la casa. Esa casa abandonada en medio del bosque. Nuestros padres no dejan de advertírnoslo: «No se os ocurra entrar en la casa. Todo está podrido y se os puede caer una viga en la cabeza. Esa casa se viene abajo en cualquier momento. Es peligroso como un alud, alguien da un grito en su interior y se le cae todo encima». Pero yo no pienso dar ningún grito ni dentro ni fuera. No daré gritos ni haré ningún ruido que pueda delatar mi presencia en ese lugar. Así que la casa es el mejor de todos los escondites posibles. Nunca antes habíamos jugado a esto. Lo inventamos sobre la marcha. La idea primera fue de Duarte, aunque antes Dora había dicho aquello de: ‹‹Ya estoy harta de hacer siempre lo mismo. Tenemos que inventar algo distinto. ¿No me iréis a decir que no somos capaces?››. Y Duarte, que todo se lo toma como un desafío: ‹‹Pues claro que somos capaces. ¿A ver qué te has creído?››. Y comenzó a describir el juego. Primero lanzó el reto de quién se atrevía a hacer el papel que yo estoy haciendo ahora, porque el juego consiste en que alguien me encuentre antes de cuarenta y cinco minutos, o que yo sea capaz de volver a la carretera o llegar al puente sin ser descubierto. Hay otras reglas pero no pienso hacer uso de ellas, permaneceré dentro de la casa hasta que se agote el tiempo. Muy seguro tendré que estar de que no me van a descubrir para que se me ocurra salir. Ahí está, ya la veo y todavía no han pasado los diez minutos que me tienen que dar de ventaja antes de lanzarse en mi persecución. Ahora me saldré del camino, cuando ellos lleguen aquí seguirán hacia abajo en dirección al río. Más de uno pensará que me esconderé en el gran hueco de Penafesa. Es un lugar que me gusta, lo descubrí yo y Delia seguro que recordará el día en que ambos estuvimos allí escondidos. Aunque de lo único que estoy convencido es de que ninguno pensará en ir a la casa. Así que hacia allí voy. Esto de que la entrada esté totalmente cubierta de zarzas me beneficia. Claro que tengo que tener mucho cuidado de no pisarlas para hacerme camino, porque si alguno de los chicos se acerca me descubrirá, especialmente si se trata de Diego y su manía de «analizar todos los indicios», como él dice. Será mejor que dé la vuelta y entre por detrás. Todavía me queda tiempo, veamos. No hay problema, tengo aún dos minutos antes de que ellos entren en el bosque. Me alejaré algo de la casa para que mis huellas los confundan, pensarán que pasé por aquí, pero no que estoy dentro. Tanto «no os acerquéis, no vayáis, no entréis», que nunca hemos estado detrás de la casa, todo lo más llegábamos hasta la fachada delantera y nos íbamos. Y ahora resulta que no soy yo el único que pasa por aquí, este sendero lo han hecho muchos pies caminando por este lugar… Ya lo tengo, caminaré por encima de este muro de piedra hasta llegar a la pared y luego entraré por la ventana. Así dejaré a Diego sin indicios para analizar. Ya deben de estar en el bosque, pero diez minutos es mucha ventaja cuando sabes bien a donde dirigirte y no pierdes el tiempo pensando en cuál será el mejor escondite. Muy bien, esta ventana será un buen camino de entrada. ¡Caramba, no se ve nada! Está totalmente oscuro dentro. Es como si no entrase la luz de fuera. Bueno, es igual, saltaré, no puede haber demasiada altura, es una ventana de la planta baja, así que no puede haber ni un metro hasta el suelo, porque entonces nadie se podría asomar por ella. El suelo debe de ser de tierra, mis pies casi no han hecho ruido al tocarlo. Pero ¿por qué está todo tan oscuro? Aquí mismo, detrás de mí, tiene que estar la ventana por la que acabo de entrar y no la veo; es como si hubiese desaparecido después de pasar yo. Sólo hay negrura. Caminaré a tientas e iré a ver si por algún otro lugar entra la luz del exterior y se puede ver algo. Debo tener mucho cuidado. Las manos siempre por delante y arrastrando los pies, nada de levantarlos para dar pasos normales, si lo hago no sabré dónde se acaba el suelo firme y me caeré. Le he oído contar

a mi abuelo que antes había muchas casas que tenían el pozo dentro, así que manos por delante y pies tanteando el suelo. Bien, bien, aquí hay una pared, la seguiré. ¡Qué asco! Está todo lleno de telarañas. Algunas las separo con las manos, pero hay otras que no las siento hasta que me dan en la cara. Aquí parece haber un hueco, será una puerta. Me meteré por ella, pero tantearé bien con los pies, no vaya a caerme en algún agujero. No parece haber peligro, voy para adentro. Sigo la pared. Aquí hay algo, parece una mesa. Sí, es una mesa porque esto es una pata y... aquí hay otra... Veamos qué más hay. Esto tan frío debe de ser piedra, aunque en esta casa todo está frío, hasta yo tengo frío. Claro, si no entra la luz del sol, tiene que estar muy frío. Piedra parece y piedra es. ¡Ya sé dónde estoy! Es la cocina y esto que toco es el fregadero. En este tipo de casas solía haber una ventana encima del fregadero. Y la hay. Estoy notando su hueco, su hueco frío y denso como si el aire aquí fuese espeso. No tiene vidrios ni contraventanas, ¿entonces por qué no entra la luz? Esta oscuridad es muy extraña. La casa tiene, entre las dos plantas, por lo menos diez ventanas. Estoy harto de ver cómo las contraventanas han desaparecido o cuelgan de uno o dos pernos en la pared. ¿Por qué no entra aquí ni un solo rayo de luz? ¿Es que este lugar sólo está habitado por las tinieblas? ¿Es que aquí se guarece la noche cada amanecer? Intentaré subir a la planta de arriba, si allí tampoco hay luz me largo de aquí y si me encuentran que me encuentren. ‹‹Está bien —les diré—, habéis ganado›› y se acabó el juego. Porque no me gusta nada esto de tanta oscuridad aquí dentro cuando fuera hay un sol radiante. Seguiré a lo largo de la pared hasta que encuentre las escaleras que van al piso de arriba. ¿Qué ha sido eso? Parece como si alguien golpeara repetidamente sobre una mesa o algo así. Es como un tamborileo. ¡Ahí está otra vez! Parece que viene de arriba. ¿Habrá alguien arriba? No puede ser... ¡Otra vez! Puede que no sea arriba y que venga de afuera. ¡Las escaleras! Las encuentro justo ahora que estoy oyendo ruidos arriba. Será mejor que no suba. Lo que debo hacer es salir de la casa lo antes que pueda. ¡Ahí está otra vez el tamborileo! Pero es fuera, estoy seguro de que no es dentro de la casa. Pueden ser los chicos que andan alrededor. Seguro que golpean alguna tabla con un palo. Les gritaré para que me encuentren y así me guiarán para salir. ¡Sí, sí, es fuera! ¡Es fuera! Ya sé lo que es... Menudo miedo... Es un pájaro carpintero, un picapinos que está haciendo su nido. Claro que lo reconozco. ¿Cómo iba a haber alguien arriba si la casa está abandonada desde hace cien años? ¡Qué tontería! Es esta maldita negrura que no tiene explicación y me mete miedo en el cuerpo. Voy a subir. Tanteando las escaleras con los pies, pero tocándolas también con las manos, así sabré siempre si hay otro escalón a continuación del que piso. Voy a subir, sí, pero si arriba tampoco hay luz, yo me doy el piro, salgo por pies de aquí, me voy volando. Iré contando los escalones, que después para bajar es necesario saber bien cuántos hay. Uno... Dos... Tres... Seis. Un rellano y tuerzo a la derecha —al bajar torceré a la izquierda, tengo que recordarlo—. Uno... Dos... Tres... Siete y ocho. Al bajar son primero ocho y luego seis. Y aquí siguen las sombras. ¿Por qué no habré traído una linterna? ¡O cerillas! ¿Y eso que se oye ahora? ¡Es un lamento! ¡Un lamento humano! Tengo miedo. Tengo mucho miedo. ¿Por qué habré entrado en la casa? En esta maldita casa en la que sólo habitan las tinieblas. ¡Alguien se está quejando! Me tengo que largar de aquí. ¿Y ahora…? ¿Qué es eso que se oye ahora? Es alguien que me manda callar… Pero si yo no he pronunciado ni una palabra. ¿Por qué me dice chist, chist, chist? Alguien escucha mis pensamientos y me manda callar. No quiere que piense en irme. Hay alguien que no quiere que me vaya. ¿Qué me contó mi abuelo de esta casa? Ah, sí, ya recuerdo. Me dijo que en ella habían vivido, mucho antes de que él naciese, dos hermanos, que eran muy raros y que nadie hablaba con ellos… Pero eso fue hace mucho tiempo, ya tienen que haberse muerto, porque mi abuelo es muy viejo. Debo regresar a la planta baja y buscar por dónde salir. ¿Y qué es eso que se oye ahora? ¡Eso es el llanto de un niño pequeño! No. No puede ser. Será un gato. ¿Cómo puede haber aquí un gato? Claro que puede no ser un gato doméstico, porque los monteses maúllan como los caseros. Eso será, un gato; lo que es imposible es que aquí haya un bebé. O incluso no es nada y esos sonidos sólo están en mi cabeza. Nada, no hay nada. Ni bebé, ni gato, ni nadie se lamenta... Lo estoy oyendo otra vez... Serán imaginaciones mías o el miedo. Lo que tengo que hacer es salir. Salir de aquí cuanto antes. ¡Vaya juego más tonto este que se le ocurrió a Duarte! Se acabó, empiezo a gritar hasta que me encuentren y que me ayuden a salir. Creo que Delia traía una linterna y me ayudará. Delia, sí, Delia me ayudará, sé que le gusto y ella me sacará de aquí en cuanto sepa que estoy atrapado en esta noche que no acaba. Ven, Delia, acércate a la casa. Ven que tú también me gustas a mí y quiero salir. Ven y alúmbrame el camino. Otra vez ese lamento, ese quejido... ¿Quién se va a quejar si no hay nadie más que yo en la casa? Nadie se queja. Nadie llora. Nadie chista. Ya estoy de nuevo en la planta baja. ¿Cómo podré encontrar la puerta? ¿Qué hora será? Ah, mi reloj tiene una lucecita para poder ver la hora en la oscuridad. Con ella podré iluminar algo y ver lo que hay alrededor. Nada, no se ve nada más que la esfera del reloj. Todavía quedan trece minutos para que se acabe el juego. Pues yo no espero. No aguanto más. Voy a gritar. Gritaré con todas mis fuerzas hasta que me encuentren. ¡No! Gritar no. ‹‹Es peligroso como un alud, alguien da un grito en su interior y se le cae todo encima››. No puedo gritar. ¿Cómo haré para que sepan que estoy aquí? Para que se acerquen y me ayuden a dar con la salida, porque me va a ser imposible encontrar la puerta. ¿Cuántos, antes que yo, habrán entrado aquí y no han podido salir? La casa puede estar llena de esqueletos y yo no me entero porque no puedo ver nada. Seguiré a lo largo de la pared hasta volver a la cocina. La puerta de salida no puede estar lejos de la cocina. Siempre arrastrando los pies y tocando la pared. ¡Ahí va! ¿Qué ha sido eso con lo que tropecé? Al caerse hizo un ruido que me pareció el de los huesos de un esqueleto al rodar por el suelo. Será alguno de esos que no ha podido salir de la casa y aquí se ha muerto. Sí, sí, eso habrá sido. Tengo que salir pronto. Ahora oigo silbidos. Alguien me silba… Pegado a la pared, tengo que caminar pegado a la pared hasta la puerta o hasta una ventana. Salir, salir, escapar. Eso es lo que tengo que hacer: escapar. Los silbidos siguen y cada vez más cerca. Aquí hay una puerta. Esto tiene que ser una puerta.

Si el hueco que hay aquí llega hasta el suelo sólo puede ser una puerta. ¿Adónde llevará? Si es la puerta de salida ahí estarán las zarzas y las ortigas. ¿Qué me importan las zarzas? Yo lo que quiero es salir de aquí. Ahora se vuelven a oír los sonidos. Ya los escucho todos mezclados: lloros, quejidos, silbidos, soplidos, tamborileos... ¿Qué son? ¿Gatos, lechuzas...? No sé lo que son, pero poco me falta para gritar aunque se me caiga la casa encima. Quiero salir, quiero irme de aquí. Tengo miedo, mucho miedo. ¿Cuánto falta para que el juego acabe? ¡Cinco minutos! ¡Estos tíos son tontos! ¿No se dan cuenta de que el único lugar en donde puedo estar es en la casa? ¿Por qué no vienen? Si no me han encontrado en media hora y no he llegado al puente, es que estoy en la casa. E... n... l... a... c... a... s... a... Por favor, Duarte, Diego, Dora, Delia, Delia, Delia... venid a la casa. Estoy en la casa y no puedo salir. Está oscuro. No se ve nada. Venid y llamadme. Me orientaré por vuestras voces y saldré. No me importan las zarzas, saldré corriendo en cuanto os oiga. Yo no puedo gritar, no puedo llamaros. Esto es una ventana. No creo que sea la misma por la que entré, no puedo salir por ella porque no sé lo que hay debajo. Tengo que buscar la puerta. Tengo que pensar. Lo peor que puede hacerme el miedo es impedirme pensar. Esta ventana es la del fregadero. La ventana por la que entré debe estar en esta misma pared pero más atrás. ¡No! Está en la pared que forma ángulo con esta. La misma en la que está la puerta por la cual entré en la cocina. Debo seguir hacia delante, porque quizá la cocina tenga dos puertas y entonces la otra estará cerca de la puerta principal. ¡Acerté! Aquí está la otra puerta de la cocina. La salida no puede estar lejos. Lo presiento. ¡Silba, silba lo que quieras! ¡Quéjate, sopla, llora...! Haz lo que quieras que ya estoy cerca de la puerta. No me vais a asustar, sé que sólo estáis en mi cabeza. Bien, este es el pasillo que lleva a la salida. Estoy seguro. Veamos: unos pasos más. Con cuidado, con mucho cuidado. Aquí hay un hueco. Y llega hasta el suelo. Tiene que ser la puerta. ¡Sí! ¡Lo es! Siento el mismo frío que noté en las ventanas. Un frío mayor que el que hay dentro de la casa o en las otras puertas. ¡Esta es la puerta por la que saldré! Por fin escaparé de esta oscuridad.

De toda esta negrura. De esta casa de maldición que parece guardar en su interior todas las tinieblas del mundo. Ahí afuera está la luz y hacia ella voy. Pero no puedo. Hay una barrera que me impide salir. No puedo vencer esta fuerza que me cierra el camino. Hay algo que no permite que salga. Tengo que salir. Saldré como sea. Atravesaré esta barrera fría y escaparé del pozo de sombra que me quiere tragar para siempre Ya sé lo que haré. Retrocederé tres pasos y luego me lanzaré a la carrera. Pasaré corriendo. Tres pasos atrás. Luego dos hacia adelante, que los pasos corriendo son más largos. Dos pasos y salto. Un gran salto y atravesaré la corriente fría de la oscuridad para volver al calor de la luz. Caeré en medio de las zarzas, ya lo sé, pero estaré fuera. Bien. Uno, dos y tres. Ahora a correr. ¡Allá voy! Uno... Dos... Ya está... Estoy saliendo de las sombras... Estoy en la luz... Aquí están mis amigos... Aquí está Delia. Me llama. Delia me llama: ¡Darío!

LA ÚLTIMA PALABRA

Así, cada noche al resplandor de la chimenea, en el silencio de su cuarto, la princesa esperaba al bufón con el pañuelo lleno de palabras. Las historias se sucedían una tras otra, y se hicieron tan numerosas como las estrellas que los contemplaban a través de la ventana.

Muchas vinieron desde los confines de Oriente, y otras desde las cumbres nevadas y las selvas de ultramar... El bufón trajo incluso alguna de los volcanes ardientes que escupen su fuego sobre los Mares del Sur... Era feliz narrando aquellas historias, pero temía que algún día ella lo mandara callar, aburrida de escuchar los relatos que los inventores de cuentos tejían con sus palabras.

Por eso, una madrugada, cuando el sol asomaba con manto violeta sobre el cielo, el bufón se quedó mirando la cara de la princesa:

—Alteza —dijo con voz temerosa—, ¿no os cansáis de escuchar historias?

—¡Nooo! —negó la princesa con la cabeza, para apoyar después las mejillas sobre las manos y contemplar al bufón con sonrisa expectante...

—Pero alguna vez se nos acabarán las palabras, y entonces...

—Jamás —aseguró rotunda la princesa—. Nunca te faltarán palabras para contarme historias, mi querido bufón...

—¿Cómo podéis estar tan segura?

Ella alzó los hombros y ladeó la cabeza, con real picardía:

—¡Ah! ¡Secretos de princesa!

Y era cierto, la princesa guardaba un secreto. Le había hecho una pequeña trampa. Para que el bufón jamás dejara de visitarla con un cuento, había escondido allá, debajo del colchón, una palabra: la palabra mágica que los inventores de historias necesitan para apagar la luz de la mesilla.

Es una palabra que cierra, como una llave, el tesoro de los cuentos. Así escondida, su narrador de historias nunca la encontraría, y ella podría esperarlo cada noche. Porque la palabra que escondía la princesa bajo el colchón, esa palabra mágica y secreta, era la palabra

FIN

ÍNDICE

Otros TÍTULOS

GHAZÍ ABDEL-QADIR
El camello de hojalata

ALLAN AHLBERG
El chico, el lobo y la lechuga

JOAN AIKEN
Cuentos del cuervo de Arabel

RICARDO ALCANTARA
El hijo de las estatuas

FERNANDO ALONSO
El hombrecito vestido de gris

ROY APPS
Investigación en el cole

JUDY BLUME
Lo que más me gusta es... Supertoci

KIRSTEN BOIE
¡Qué suerte hemos tenido con Paule!
Todo cambió con Jakob

ELSA BORNEMAN
Queridos monstruos

GRACIELA CABAL
Mi amigo el rey

ROALD DAHL
Las brujas
Los cretinos
El dedo mágico
La maravillosa medicina de Jorge

CARLO FRABETTI
La magia más poderosa
Ulrico y la flecha de cristal
Ulrico y la llave de oro
Ulrico y las puertas que hablan

ANNA GAVALDA
35 kilos de esperanza

JOAN MANUEL GISBERT
El talismán que vino por el aire

MARIA GRIPE
Elvis Karlsson

PETER HÄRTLING
Ben quiere a Anna

EDNA ITURRALDE
Verde fue mi selva

GILLIAN JONSON
Thora

ERICH KÄSTNER
La conferencia de los animales

GEMMA LIENAS
Emi y Max. La aventura de las ballenas

CHRISTOBEL MATTINGLEY
Asmir no quiere pistolas

MIGUEL ÁNGEL MENDO
¡Cierra la boca!

ROSA MONTERO
Las barbaridades de Bárbara

Otros TÍTULOS

El viaje fantástico de Bárbara

GRACIELA MONTES
La batalla de los monstruos y las hadas

CARLOS PERAMO
Bubana, una visita inesperada

LUIS M. PESCETTI
Natacha
Chat, Natacha

JOSÉ A. RAMIREZ LOZANO
El mapa de los sueños

YOLANDA REYES
El terror de sexto "B"

MANUEL RIVAS
Bala perdida

GIANNI RODARI
Cuentos para jugar

GABRIELA RUBIO
Un león en el desván

FERNANDO SAVATER
A rienda suelta

SEMPÉ / GOSCINNY
Los amiguetes del pequeño Nicolás
El pequeño Nicolás
Los problemas del pequeño Nicolás
Los recreos del pequeño Nicolás
Las vacaciones del pequeño Nicolás

JORDI SIERRA I FABRA
Querido hijo: estás despedido

Á. SOMMER-BODENBURG
Chocolatoski. ¡Qué divertido ser perro!
Chocolatoski. Un perro para mi cumpleaños
El pequeño vampiro

HAZEL TOWNSON
El chico invisible

ALEJANDRA VALLEJO-NÁGERA
Los Lagartijos
Los Lagartijos. La apuesta
Los Lagartijos pasan miedo

VARIOS
Poesía española para niños

ELVIRA WOODRUFF
La momia

PATXI ZUBIZARRETA
Libro de los secretos

Este libro se terminó de imprimir en los talleres gráficos de Top Printer Plus, S. L. L., Móstoles (Madrid), el mes de febrero de 2006.